소리, 그 정겨운 울림

황금알 시인선 233

소리, 그 정겨운 울림

초판발행일 | 2021년 10월 23일

지은이 | 강성희
펴낸곳 | 도서출판 황금알
펴낸이 | 金永馥
주간 | 김영탁
편집실장 | 조경숙
표지디자인 | 칼라박스
주소 | 03088 서울시 종로구 이화장2길 29-3, 104호(동숭동)
전화 | 02)2275-9171
팩스 | 02)2275-9172
이메일 | tibet21@hanmail.net
홈페이지 | http://goldegg21.com
출판등록 | 2003년 03월 26일(제300-2003-230호)

*이 책은 전라남도 JeollaNamdo 전람 문화재단의 후원을 받아 발간되었습니다.

소리, 그 정겨운 울림

강성희 시집

황금알

소리, 울림, 그 정겨움!!
허공을 가르는 빗소리가
고요한 밤을 채워갑니다.

처마 끝에 떨어지는 낙숫물 소리는
빗물보다 두터운 푸근한 정을 줍니다.

바람에 흔들리는 풍경 소리는
단잠에 젖어 있는 나무들을 깨웁니다.

새벽녘 산사의 종소리는 먼 길을 돌아
어둠을 걸러내고 새로운 아침을 잉태합니다.

그 정겨운 소리의 울림들…!
저 하늘에…
저 바다에…
저 산속에…
저 들판에…
내 마음에…

우리가 살아가는 세상 속에는
저마다의 많은 소리와 울림이 있습니다.
그 소리와 울림은 우리의 영혼을 깨웁니다.

시월 석현에서
강성희

차 례

1부 소리, 그 정겨운 울림

2부 요트의 날개

3부 고사목 선사

4부 안갯속의 가로등

5부 백로의 슬픔

1부

소리, 그 정겨운 울림

일등바위

애면글면 올라서면
벼랑 끝도 삶이다
잎새마다 음표들이
실로폰 소리를 내고

노을빛
닮은 윤슬이
손가락에 줄 튕긴다

용머리 끄트머리
뱃고동 들리는데
바다로 간 꿈들은
돌아오지 않았을까

꼭대기
바위 속마다
흰 물살을 키운다

코사지

예쁘게 살기 위해
맵시꽃 피우더니
순정을 알아주는
절름발이 사랑으로
저고리 윗주머니를
고상하게 점령한다

한 사람 돕는 일이
화사하게 돋보이면
때로는 예쁘기 위해
몸통을 내버리는
그 짧은 삶의 흔적에
기품이 서려 있다

노숙자 이발 봉사

들쭉날쭉
찜찜한 숲
사각사각 가위질에

정갈하게
다듬고서
창밖을 내다보니

그 옆집
후박나무 왈
'오메 내 속이 다 개안허요'

단비

깡마른 대지 위에 단비가 내리던 날
마을 어귀 솟대들 흥겨움에 덩실덩실
목축인 산천초목은 또 얼마나 좋았을까

풀잎을 빨아 널은 활기찬 들녘마다
강아지와 고양이 귀를 쫑긋 세우면
개울가 개구리울음 신명 난 선율이다

황소고삐 잡은 손 쟁기 뒤에 끌려가고
해진 바지 질질 끌며 젖은 흙 철벅이는
아버지 굽은 허리가 논고랑을 휘젓는다

닭장의 봄

선잠 깬
수탉들이 홰를 치는 첫새벽
목청껏 외쳐대는
우렁찬 그 알람에
소 몰고 일터로 나간
머슴 새 노랫소리

아지랑이
굼실굼실 산란의 바람 불면
맨드라미 꽃 닮은
닭 볏이 피어올라
부화의 둥지를 틀어
병아리 떼 몰고 온다

봄바람

손끝을 스쳐 가도
잡히는 것 하나 없고
소리 끝 무성해도
보이는 것 하나 없이
꽃향기 전해주면서 옷깃을 스친다

양떼구름 앞세워
빙글빙글 돌고 돌아
하늘빛 가로막고
봄 햇살 삼키려다
지친 몸 쉬어간다며 소리 없이 잠든다

삶의 이정표

출렁다리 건너면 동화 같은 그림이다
일상의 이정표를 손에서 놔야 보이는
서정이 울긋불긋한 시어들 밀려온다

짓누르던 내 몫의 일손을 멈춰놓고
다리를 지나오며 내려놓은 큰 시름이
벌겋게 취한 단풍을 스스로 소진한다

세상의 소음들을 삼켜버린 호숫가에
밤새운 물보라가 그 소임 다하는 날
가을 길 돌아본 개울, 겨울을 재촉한다

시기猜忌

연둣빛
이파리가
청순한 이슬 안고

얼굴을
부비면서
달콤하게 입 맞추면

햇살이
시새움 부려
물방울을 밀어낸다

소리, 그 정겨운 울림 1

바람을 갈라버린 산사_{山寺}의 새벽종이
먼 길을 돌아들어 어두움 걸러낸다
해오름 기운이 서린 신비로운 그 소리

여명의 빛 움 틔우는 노승의 새벽예불
자비로움 두드리며 산자락 휘감을 때
숨죽인 다람쥐 한 쌍 합장하는 그 소리

처마 끝에 걸려있는 풍경의 흔들림에
단잠에 젖어있는 나뭇잎이 깨어나면
바람이 자지러지게 수다 떠는 그 소리

소리, 그 정겨운 울림 2

1
수탉이 알람처럼 홰를 치는 첫새벽
동구 밖 삽살개가 허공을 짖어대면
숲속의 산 까치 한 쌍 화답하는 그 소리

2
아침 열린 숲길에 이슬방울 떨어뜨려
실바람의 속삭임에 살포시 귀 기울면
구름이 쉬어간 산골 메아리의 그 울림

3
장터마다 들썩이는 각설이의 만담에
엿장수 가위질이 온 동네 헹가래 친다
세속에 얽힌 영혼이 몸부림친 그 소리

소리 그 정겨운 울림 3

1

처마 끝 낙숫물 소리 낯익은 절간에는
빗물보다 두터운 정 고향처럼 푸근하게
동그란 추억이 한 뼘 쉬어가는 그 소리

2

바람이 지나가다 나목에 걸려 신음한다
내 회한 하나도 같이 저 멀리서 흩날리며
세월에 절인 겉모습 드러내는 저 소리

3

비바람이 언짢아 포말들이 성을 내면
설 때마다 어깃장처럼 퇴로가 그려진다
모래에 그린 육십 대 파도가 지운 그 소리

소리, 그 정겨운 울림 4

물안개 핀
호숫가에 발 담그는 수양버들
기지개 켠
이파리가 동그란 이슬 모아
방울꽃
떨어뜨리는 실로폰의 그 소리

아침 햇살
두들기는 산사의 목탁 소리
상큼한
음표들이 나무 위에 움터 올라
산새들
노랫가락에 신명 난 연주 소리

소리, 그 정겨운 울림 5

아침 햇살 쪼아 먹던
까치들 아우성에
기쁜 소식 기다리던
호수 속 물고기들
동그란
물장구치며 벙글거린 그 소리

여명이 머뭇거린
호수에 몸 적시던
물안개 피어올라
빈 하늘 간질이면
산자락
휘감던 구름, 웃음 짓는 그 소리

상고대

굴참나무
가지 끝에
얹혀사는 상고대

솜털처럼
하얀 고깔
곱다랗게 눌러쓰고

햇살이
무서웠을까?
눈꽃 이불 덮고 숨네

호수 속 산 그림자

안개처럼 피어오른
수증기를 버무려서
선녀탕에 몸 담그는
먼지 낀 양을산이
거울에 얼굴 비추며 풍경들을 닦아낸다

데운 물속 휘젓는
때밀이 물오리가
간지러운 살갗의
때꼽재기 씻겨내면
윤슬이 빛나는 저녁, 손님 떠난 욕탕이다

2부

요트의 날개

목포구 등대

읽다 접은 시집 같은 목포구 등대여
수천 년 설움이 와서 포말로 부서지면
빈 어망 파도에 묻고 바다의 꿈 잠재운다

날개 접은 솟대처럼 허공에 풀어둔 꿈
수척한 다도해를 어스름 건너오면
홀로 선 목포구 등대, 노을에 심지를 댄다

달빛이 드나들고 별빛이 두런대도
칠흑 같은 어둠 속 비린내 나는 배에
한 줄기 불빛을 꺼내 깜깜한 생生 밝혀준다

바다에 가면

별빛들이 소곤대며
노닐던 여울물에
울 엄니 머릿결 같은 은발이 헤엄치면
순은 빛 환한 얼굴에
늘어가는 잔주름들

속살 비친 물비늘이
노을빛 흉내 내면
술 향기 뿌려놓은 아버지 얼굴색처럼
수평선 끄트머리 걸린
저 붉은 물그림자

겨울 숭어

긴 말뚝 곧추세운
덤장 줄 우듬지에
갯벌로 목축이던
겨울 숭어 퍼덕이며
노을빛 물들어가는 윤슬의 넋을 판다

잔물결 술렁이는
이름 없는 주막집에
쫀득거린 숭어회로
술 한잔 곁들이면
한 사발 바다 향기가 뼛속까지 스며든다

시아바다

조기 떼 쫓아가는 시아바다 끝자락을
어탐기 방향 따라 돌아가는 뱃머리에
노을 진 수평선 너머 눈빛들이 부딪친다

고기 떼를 유인하는 집어등 조명 불빛
말간 물 헤집으며 환하게 더듬을 때
어부의 거친 손등이 바닷물에 던져진다

갯물 젖은 그림자들 새벽달 걸머지고
말라붙은 바닷속을 밤새워 긁었지만
빈 어망 끌어 올리며 고개 숙인 저 깃발

땅끝에 서다

갈두산* 망원경에
두 눈을 걸어두면
남루해진 섬들이
잔물결 파고들어
억겁을 돌아온 삶이 뭍으로 향해 있다

땅끝에 떠오른 일출
헹가래 치는 아침
삼매경에 빠져들던
순 은빛 바닷물이
끝에서 시작을 알리는 고동 소리 울린다

* 갈두산 : 땅끝 전망대 산 이름

요트의 날개

날개를 편
요트가
바다를 날아간다

들꽃을
찾아 나선
새하얀 나비처럼

햇살에
반짝거리는
물비늘 가르면서

할롱만을 가다

하늘은 달려가고 섬들이 헤엄치는 곳
낮이면 하얀 구름 숨 고르며 쉬어가고
밤이면 노란 별들이 머리 위에 서성인다

용들이 꿈틀거리는 수려한 바닷물에
굽이진 섬 사이를 힘차게 저어가며
산뜻한 마음을 담아 버선발로 맞이한다

겹겹이 어깨동무한 명작의 조각품 섬
오랑캐 무리들이 수십 년을 넘보아도
탄탄한 성벽이 되어 온몸으로 막아선다

몸 바쳐 실천하던 호찌민의 검소한 꿈
오밀조밀한 섬들도 3꿍 정신 이어받아
짭짤한 바닷물 속을 꾸역꾸역 헤쳐 간다

고천암호에서

1
여명이 밝아오는 저 맑은 하늘가에
환상의 춤사위가
활처럼 휘감으면
오묘한 일출의 찰나
새 떼 속 파고든다

2
갈대가 호위하는 호수의 물 언덕을
철새들의 군무가
노을빛 물들이면
수평선 저 끝자락을
관조하는 물그림자

망중한

일상의 파고 앞에
숨 막히게 맞서다
울타리를 뛰쳐나온
해변의 모래사장

너울이 영혼 하나를 발밑까지 밀고 온다

가물거린 갈매기 떼
비행하는 동선에
멀어진 바닷바람
추억으로 철썩이고

심호흡할 수 있는 창이 수평선을 품고 있다

파도의 윤회

바다의 시발점에 하얀 발을 담그면
시야에 들어오는 검푸른 파도들이
용왕님 부름을 받아 다시 또 회귀한다

모래밭에 제 몸이 부딪치고 소멸할 때
생을 다 한 너울 물 흩어지는 날숨에
자신의 굴곡을 닮은 포말들이 출산한다

수평선을 아우르는 물결이 태동하면
윤회의 늪에 가두는 의도가 가혹해도
해신의 부당한 명을 거역할 순 없는 일

다도해 조도鳥島

도리산 정수리를 한달음에 올라서면
점점이 뿌려진 섬 올망졸망 헤엄치는
어미 섬 꽁무니 뒤를 졸졸졸 따라간다

오색 향 물비늘이 출렁이는 바닷길에
새들의 말간 눈빛 여울목에 띄워놓고
현란한 매스게임을 펼쳐가는 저 율동

노을빛 아른거린 수려한 풍광마다
아스라이 머뭇거린 세월호 발자국에
관매도 팔경을 돌아 눈물짓는 어린 새들

자갈밭 해수욕장

— 보길도 예송리 해수욕장에서

서프보드 출렁이듯
미끄러진 물 언덕
파도의 날숨들에
굴러가는 그 울림이
재즈 음 연주곡처럼 뜨겁게 달아오른

달빛 찬 개여울에
음향이 설핏하면
역류하는 바닷길은
조약돌 노랫소리
신명 난 멜로디 리듬 너울 파도 타고 넘듯

귀어歸漁의 바다

갯물에 발 한번
적셔본 일 없던 사내
전마선 노를 저어
설은 뱃길 더듬으며
거슬러
오르는 여울
얽힌 생이 가파르다

흐르는 물길 따라
그물을 풀었다가
느른해진 해거름에
어망을 건지더니
노을만
한가득 싣고
벌건 가슴 쓸어낸다

바다의 야경

물비린내 너울거린 수평선 한가운데

갯바람 끌어안은
깃발들이 출렁이면
달빛에 구르는 윤슬
어망 속 헤집는다

밤하늘에 수놓아진 별빛을 따라간 배

집어등 훔치려는
물고기 떼 유인하며
어부의 검은 손끝에
묻어나는 은빛 비늘

보배로운 바다
— 보해寶海

설중매 꽃잎 속에
깊은 사연 하나 묶어

눈 서리 맞아가며
깁고 깁던 십 년 고개

순결한
매실의 향기
감칠맛에 흥이 난다

삼학도 끄트머리
보배로운 바닷길은

잎새에 담긴 술잔
혀끝을 감도는 듯

낭만이
흐르는 노래
목축이며 불러본다

3부

고사목 선사

겨울 나목裸木

곱다랗던 가을날의
치장을 내려놓고
속절없이 떨어져 간
낙엽을 바라보며
삭풍에
시린 가슴속
토닥이는 마른 손

수줍음이 움트던
봄의 여운 그리워
칼바람 몰아쳐도
모질게 견뎌낸다
겨울이
가면 차오를
그 사랑 기다리며

겨울비 내리는 날

선잠 깬 나목들이
샤워를 하고 있다

구름 속 물뿌리개
꼭지를 열어놓고

알몸이 부끄러운 듯
바람 뒤에 살짝 숨어

가뭄에 씻지 못한
찌든 때 닦아내고

촉촉이 젖은 피부
보송하게 단장하며

춘풍님 뜨거운 품속
저물도록 기다린다

장애 매화나무

비탈에 반쯤 걸쳐
기울어진 매화나무
잔뿌리 몇 가닥은
허공에 내어주고
겨우내
시달린 가지
움트기를 일궈낸다

햇살과 바람에게
아픔을 숨겨가며
산고를 이겨내던
순박한 여인처럼
누워서
꽃을 피워낸
그 숨결이 고귀하다

우드랜드 숲길

편백의
진한 향에
햇살이 쉬어가면

그늘 집
평상 위를
구름이 머무르다

늘씬한
그 몸맵시에
끌려가는 여름 나절

고사목 선사禪師

오대산 허리춤에
묵언 중인 고사목이
번뇌의 눈물방울
선정禪定으로 닦아내며

청적清寂 뫼
열반에 들어
윤회의 꽃 피운다

비바람 견뎌내며
천년을 녹아내린
보리자, 염주 같은
고고한 사리 빛은

억겁의
세월을 밟고
부도탑浮屠塔을 쌓는다

산사의 라일락

대웅전 한 모퉁이
낯익은 꽃이 핀다
일주문 밖까지
향기를 밀어내고
꽃냄새 나누는 일도 보시라며 흩날린다

암자 속 동안거를
풀어버린 라일락
빛깔도 진한 향도
며칠이면 기울지만
풀벌레 울음소리에 산사 문이 열린다

민들레 홀씨

곱다란
분 바르고
방긋한 그 얼굴이

바람의
꽃가마 타고
하얀 손 흔들면서

창공에
걸린 연처럼
유랑하듯 떠도는 생生

아카시아꽃

가시에 핀 꽃내음이
동그랗게 번져서
뇌리에 잠긴 기억
코끝에서 건드리면
가슴에 봉인해 버린 편린들이 지나간다

마음의 정원 한켠에
잔잔히 숨죽이던
두근거린 인연 하나
바람처럼 밀려들어
백발을 닮아가는 건 아카시아 꽃이었나

계절의 여왕

꽃피는 오월이
여왕으로 등극했다
화사한 옷차림,
장밋빛 왕관 쓰고
온화한 통치 능력에 산야가 태평하다

풀잎이 꽃들에게
심통을 부리는 날
계절에 홀린 시인
섬김은 팽개치고
봄 햇살 유월로 보내며 여왕을 배신한다

벚꽃이 필 때

물오른
나뭇가지
팝콘들이 벙글었다

연인들
눈빛으로
살금살금 따 담고서

영화관
객석에 앉아
입술에 꽃피운다

벚나무

백옥 빛 꽃에 반해 꿀벌이 입 맞추면
햇살은 부끄러워 구름 속에 숨어들고
밤이면 노란 별들이 눈빛으로 속삭인다

흐드러진 꽃잎에 시샘하는 비가 내려
바르르 떨리는 몸 아우성을 치더니만
마파람 연출에 따라 풍경을 바꿔 간다

핏빛으로 시들어 나뒹구는 낙화 향기
흙탕물에 서걱서걱 밟히고 찢겨도
나목엔 연둣빛 물든 비단옷이 걸려있다

대추

이파리 속 움츠러든
타원형 그 얼굴이
달빛 구르는 소리에 귀를 쫑긋 세우다
햇살이 간지럽히면 달콤하게 색칠한다

바람에 흔들리며
설핏거린 양 볼은
불그스레 물들이던 해거름 노을빛에
정결한 새색시처럼 고개 숙인 그 숨결

늦가을 단풍

온 산을 물들이던 곱다란 얼굴빛이
색바람 마사지로
매끄럽게 단장하고
밤이슬 뿌려가면서
다림질로 멋 부린다

나뭇가지 걸려있는 빛바랜 매무새들
적멸의 순간이 오면
주근깨만 무성하다
어둠의 열반에 들어
바람 속을 윤회한다

단풍의 생生

1
오색 빛 환한 웃음
한 시절 사랑하다
주름진 바람결이 휘파람 불어대면
빛바랜 잎들의 숨결, 벼랑 끝을 맴돈다

2
뉘엿뉘엿 타들어 간
저 붉은 하늘가에
새색시 저고리처럼 곱다랗게 물들이다
홋홋한 노을빛 되어 비우며 떠나는 생

튤립

촛불처럼
가지런히
피어오른 꽃망울이

빛깔마다
제 몸 태워
번뇌를 잘라내듯

눈감고
합장한 두 손
부처님께 발원한다

4부

안갯속의 가로등

눈[雪]

밤사이 내린 눈이
신작로를 다 덮었다
갈 수도 올 수도 없이
보이지도 않는 길
기왕에
내리려거든 병든 세상 다 감추지

정치판에 가짜뉴스
특정 종교, 언론까지
이 꼴 저 꼴 볼 것 없이
허물은 다 덮어서
티 없이
하얀 눈[雪]처럼 소리 없이 녹아들면

도자기 전시회

전시장에
진열된 도자기 속 거미가
관람 길
구석구석 그물을 던져놓아
헛디딘 그 발걸음을
순식간에 옭아맨다

그 옆을
서성이는 반달곰 한 마리는
웅담만
빼내려는 사육사를 흘겨보다
앙가슴 두들기면서
쓰린 사연 울먹인다

안갯속의 가로등

안개비
깔린 새벽
조명들이 들썩인다

비련悲戀의
여린 무대
관객들 훌쩍이면

젖은 생生
끌어안고서
다독이는 저 불빛들

2020년 한해는

한해를 날려버린
그 세월 보상할까
코로나 북새통에
갈 곳을 잃어버린 채

주위만
빙빙 돌면서
방콕 하는 이 신세

아무 일도 못 하고
실속 없이 보낸 시간
엊그제 떠난 영혼들도
피켓을 들고나와

헛된 삶
보상해 달라
염라국 앞 시위하네

온 누리 바이러스

황사처럼 번져가는
발열성 증후군이
아파트 대문마다
똑똑똑 두드리다
방콕만 하고 있으니 제풀에 꺾여간다

온 누리의 좀비들
동리마다 누비면서
흩어지는 비말로
바이러스 전파하다
마스크 뚫지 못하고 두런거린 숨결이다

* 2020. 3. 5(목) 코로나19 바이러스 대구지역 확진 중

코로나 때문에 1

바깥출입 막아버린
불청객 팬데믹이
친구도 만나지 말라
비대면을 압박하니
근거리
부모 형제까지 이산가족 만들었네

회식 모임 금지에
찻집은 테이크아웃
갈 곳 없는 이 신세
유리창 내다보며
실없는
주전부리에 몸무게만 늘어간다

코로나 때문에 2

기침 소리 무서워
구석지에 숨었다
비말의 두려움은
마스크로 봉한다

코로나
전염 때문에 만남조차 회피하는

사회적 거리두기
표어처럼 들먹이며
전화로 안부 묻고,
반가움은 주먹질로

벙어리
방안 퉁수가 세월 먹는 요즘 시련

구름의 정원*

손근거사松銀居士* 후손들이 머리를 조아리면
여명이 움터 오른 구름의 정원에서
영혼의 꽃을 피워낸 찬란한 명문가여

다경진多慶鎭* 수호하던 수군만호 그 위엄이
기운차게 내딛는 구름고개 넘나들면
하늘이 감싸 안으며 영신지迎神池*를 옹위한다

억겁을 돌아다 본 보름달의 묵언 수행
비석마다 스며드는 대선사大禪師 자비로움
밤이면 묘석에 앉은 별빛들이 벙글다

후사後嗣들의 눈망울이 윤슬로 반짝이면
몇천 년 걸어오신 선세先世의 발걸음은
노을에 심지를 대어 등불을 밝혀준다

* 구름의 정원 : 진주강씨 운남(雲南: 구름의 아래) 선산
* 송근거사 : 감역공 18세 "爾(字) 伋(字)" 조부님
* 다경진 : 지금의 원성내 성터와 인근 고을
* 영신지 : 진주강씨 선영이 자리한 곳

팽이

사나운 채찍으로 매몰차게 두들기고
회초리에 시달려도
지구를 돌며 웃는다
모질게 매를 맞으며
살아갈 때 행복하다

부러진 손잡이에 헝겊이 다 해지며
목숨이 끌려가는
번뇌의 강을 건너다
간신히 손질한 채에
부활의 꿈을 꾼다

친구의 부음

새싹이 겨울을 덮는
봄 산에 부음 하나
기운이 감돈 계절
친구는 끈을 놓았다
흘러간
추억의 잔재가 흉터처럼 섞인다

시간의 수로 저편
회귀하던 사연들
한 치의 여유 없이
멈춰버린 순간에
촌음도
마주 볼 수 없는 설움의 아픈 묵례

그날이 오면

병원 옆에 요양원
그 지하는 장례식장
이익을 내기 쉽게
다닥다닥 붙어있어
최후의 마침표 찍을
공간들이 우대한다

먼 훗날 누군가 저
구도 안에 들어서면
선택한 그 삶을 그린
회한 하나 건질까
이 땅의 설은 기억들
승계되길 바랄 뿐

비 오는 날

촉촉한
가랑비로
몸을 씻던 풀 나무가

한가한
오솔길에
물방울 툭툭 털면

우산 속
파랑새 한 쌍
웃음꽃이 피어난다

빈 병

운동장 한 모퉁이
빈 병들이 굴러간다

차가운 바람결에
속절없이 대굴대굴

머리가
벗겨진 채로
여기 기웃 저기 기웃

복부엔 기름때가
얼기설기 절였지만

텅텅 빈 몸뚱어리
가쁜 숨 헐떡이며

재활용
가마니 속을
더듬거린 그 몸짓

환청

아지랑이
걸린 들녘
부드러운 봄의 숨결

해님이
바닷물 속에
떨어진 순간, 풍덩!

그리운
임 발자국 소리
아스라한 메아리처럼

예초제초 2

단칼로
베어버린
죄 없는 풀 모가지

초원의
비린 내음
비명에 흩어지면

한 맺힌
후손이 뭉쳐
촛불을 움켜쥔다

5부

백로의 슬픔

모델

호숫가 갈대숲을
기웃거린 백로가
작가의 입맛대로
포즈를 취해가며
출연료
한 푼 없어도 쿨하게 선보인다

외다리 몸동작에
긴 목을 추스르다
우아한 날개 저어
긴 호수 선회하는
고난도
표정 연기로 렌즈 속 꽉 채운다

백로의 슬픔

짝 잃은 백로 한 마리
갈대숲 부여잡고
작년 봄 이슬로 간
지아비 몽상에 잠겨
금삼錦衫에 숨겨둔 사랑, 침묵하는 외로움

앙가슴 속 태우며
숨통을 조여 오는
실낱같이 흩어진
허우룩한 눈물비가
동공을 촉촉이 적셔 빈 하늘을 가린다

* 사랑하는 남편을 일찍 여의고 홀로 살아가는 어느 미망인의 아픔을 보며

지게
— 선량

튼튼한 다리에다 뿔이 둘인 지게도
가느다란 작대기가 도와주지 않으면
혼자서 일어설 수 없고 짐을 싣지 못한다

가까이 다가가면 갈등이 일어나고
사이가 멀어지면 소통이 불가능하다
지게가 누워있으면 작대기가 깨운다

믿음직한 머슴은 짐을 지고 일어선 후
작대기를 가슴속에 소중히 간직하지만
그것을 버린 지게는 기댈 곳을 잃는다

낙화
— 21대 국회의원 선거를 보며

상처 난 하늘에서
쏟아지던 눈발처럼
한 잎 두 잎 떠나갈 때 가슴을 움켜쥐며
비바람
스며든 육신
에움길에 갇혀 있다

초라하게 떨어지는
영혼이 나뒹굴며
밟히고 찢겨가는 상처뿐인 그 서러움
이제는
알 것만 같다
추락하는 표심을

선량選良의 꿈

구부러진 협수로
헤매 도는 닻배 하나
태산 같은 풍파 속
무모하게 뛰어들어
온몸을 흔들거리며 꾸역꾸역 가려 한다

물살이 끈질기게
밀어 덮친 험난한 길
성난 바람 끌어안고
가슴 졸인 사공아
잠잠한 방풍 골 찾아 닻 내려 쉬어가소

삶의 흔적

쓰다 버린 재활용품
하나씩 꺼내 갈 때
한 주 동안 살아온 내 흔적이 묻어있어
사용한
소모품들이
훗날 나처럼 분리된다

아파트 집하장에
선별된 쓰레기들
일주일에 한 번씩 포대가 진열되어
명찰을
붙여놓으면
내 얼굴이 거기 있다

설 대목 장터
— 2020년 코로나로 어려운 현실에서

설 대목 일로장에 눈발이 휘날린다
설익은 각설이 타령 영혼을 잃어가고
엿장수 가위질 소리 땅속을 파고든다

누그러든 부침개에 선술집 막걸릿잔
어물전 할머니의 입심조차 얼어붙어
장마당 식은 열기에 쓸쓸한 저 좌판들

붕어빵 집 아줌마 장작불로 열 지피고
떡 방앗간 아저씨 가마솥을 달궈내면
따끈한 순대국밥이 길손을 불러온다

종갓집 스트레스

두 어깨를 짓누르는
명절이 다가오면
행낭을 풀어놓은
가족들의 아우성에
속 타는
프라이팬이 불만들을 볶아낸다

맛깔스런 레시피들
줄줄이 차리면서
소낙비 소리 같은
짜증이 지글거리면
종부宗婦의
치맛자락엔 부아통이 끓는다

봄이 오는 길목

매서운 바람결은
매화 향에 숨죽이고
유목의 구름 빛이
화사하게 부서지면
엄동은
뒷걸음치며
오던 길로 돌아간다

상처 많은 도마처럼
쓰라린 삶이지만
날마다 새 아침은
경이롭게 시작되어
어둡던
고샅길 돌아
여명이 움터온다

부동산 경매競賣

바닷가 붙은 땅이 요염하게 뒤흔들어
보쌈을 노리면서 마음 먼저 달려간다
갈증 난 숨소리처럼 저울질한 저 눈빛들

가슴 뛰는 내 심사를 금액으로 던지면
수북이 쌓여버린 봉투들을 여는 순간
심장이 훤칠한 숫자에 대지가 안겨진다

두 발을 다 못 담그고 한 발은 빼놓았던
가슴속에 적어둔 퇴로 되돌릴 순 없지만
버리고 보듬어 가는 그 뱃심이 부러웠다

증거

어둠을 삼켜버린
침묵의 그 언저리
지우개 닳아지도록 밤새워 지웠건만
양심의
흔적이 남아
고뇌에 시달린다

발뺌은 해보지만
쫓긴 듯한 불안감에
하늘땅 못 속이고 꼼짝없이 덜미 잡혀
실타래
풀어나가듯
술술 뱉은 그 진실

강점기의 목포

동트면 끌려 나온 울력의 그 명목이
억눌린 서러움에 처절한 치욕의 아픔
뜨겁게 치미는 분노 목물로 식혀간다

산등성 오정포가 홰치는 한낮이면
낯익은 호각 소리 섬뜩한 고샅길에
허리끈 졸라맨 허기 빈속마다 기별한다

지쳐버린 일터마다 내뱉던 날숨들은
망가진 한 생의 꿈 송두리째 끌어안고
항구의 고달픈 등대 막걸릿잔 기울인다

할매

뒷마당 감나무에
붉게 물든 홍시 하나
눈 서리 애무받아
뽀얀 입김 머금고서
남몰래 간직한 세월 수줍어 말 못 한다

삭막한 나목 끝에
대롱대롱 매달린 채
바람이 전하는 말
가만가만 들으면서
얽히고, 설킨 사연에 잔주름이 늘어간다

벗어진 머리

빗살에 갈라지는
몇 안 된 머리카락
이발사 가위질에
깜짝깜짝 놀라지만
민둥산 달덩이처럼 조명 빛이 밝아진다

가뭄에 심어놓은
척박한 땅 식물같이
주변머리 맴도는
삐쩍 마른 몇 그루가
바람에 흔들거리며 반짝반짝 빛이 난다

시 한 구절

산책로 모퉁이에
시인 한 분 서성인다
쓰다 만 문장처럼 멈춰선 그림자 하나
휴대폰
화면을 보며
눈빛으로 시를 쓴다

가뭇없이 스쳐 가는
거리의 상념들은
씨앗이 발아하여 꽃봉오리 피우듯이
영혼이
멈춰선 곳에
시 한 구절 태어난다

해설

역동적인 소리 이미지와 관계 지향적인 휴머니티의 시학

박 성 민(시인)

1. 전통의 창조적 계승을 위하여

많은 현대 서정시들은 운율과 함축을 잃은 대신 요설과 산문성을 얻었다. 압축과 생략의 원리를 통한 암시 같은 것이 사라져서 독자가 주체적으로 사색하고 상상할 공간과 여지를 차단하고 있다. 우리말을 다듬고 빛내야 할 시인들의 일부는 문법 파괴에 앞장서고 있고, 기성세대와의 변별성을 부각하기 위해 자신도 모르는 미로의 문장 속에서 허우적대기도 한다. 유행처럼 번져가는 이 현상은 결국 난해시를 낳음으로써 독자들을 시로부터 멀어지게 만드는 데에 일조하고 있다.

이러한 현상은 비단 어제오늘의 일이 아닌가 보다. 240여 년 전에 연암은 『초정집서楚亭集序』에서 법고法古(옛것을 본받음)와 창신創新(새롭게 창조함)을 이야기하면서 "괴벽하고 허황되게 문장을 지으면서도 두려워할 줄 모르는 이가 생기게 되었다."라고 통탄한 바 있다. "새것을 추구하려고 하면 문학 하는 자들은 괴상하고 황당하고 난해한 것들을 들고나와 '이것이 새것이다'고 하면서 뽐낸다. 그러나 새롭다고 다 좋은 것은 아니다. 옛것을 본받더라도 오늘에 맞게 변화시킬 줄 알고 새것을 만들더라도 법의 테두리 안에서 변화시켜야 한다"라고 말한 연암의 말은 오늘의 상황에 시사示唆하는 바가 크다.

시조가 전통성을 지키면서 고도의 압축된 언어와 함께 형식실험과 현대적 변형에 성공하게 된다면, 자유시의 폐단을 극복할 대안을 제시해 줄 수 있을 것이다. 현대시조가 나아갈 바는 자유시를 흉내 내는 것이 아니라 자유시의 폐단을 극복하기 위한 것이라야 한다. 즉 현대시조는 자유시의 문제점들을 꼬집고 파행적인 현대성을 비판하면서 그것을 대체할 수 있는 영역들로 나아가야 한다는 것이다.

이러한 의미에서 강성희 시인의 이번 시집은 주목할 만하다. 그는 목포 인근에서 자라는 풀꽃과 나무 같은 자연물에 대한 애정은 물론 남도 사람들의 삶과 상처에 대한 비망록을 시조의 형식에 담아 형상화함으로써 우리 정형시의 지평을 넓히고 있기 때문이다. 남도의 자연경관과 역사, 정겨운 사람들의 애환과 일상을 그는 시조라는 수직기手織機를 통해 한 올 한 올 정형의 비단으로 짜내고 있다. 그의 시편들을 살펴보기로 한다.

2. 자연 세계를 통한 소리 이미지의 역동성

시조를 포함한 현대시는 낭송에서 묵독으로 읽는 방식이 변화하면서 '소리'와 연관된 운문으로서의 전통은 약화되었다. 그러나 시각적 이미지와 함께 청각적 이미지는 시적 의미를 전달하는 데에 긴밀하게 연관되어있다. '소리'는 인간의 반복적 경험을 통해 전쟁터에서의 신호와 같이 어떤 상징적 의미를 전달하는 기능을 수행하기도 하며, 불교에서 예불할 때의 북소리처럼 하나의 의식儀式으로 정착되기도 한다.

노래와 시가 분리된 이후에도 오랫동안 시 본연의 근원적 리듬은 기저에 형성되어 왔다. 강성희 시인의 시에서 소리 이미지는 그 자체로 리듬을 강화하는 역할을 할 뿐 아니라 시어의 배치, 반복과 상호작용을 하면서 운율의 내적 요소로 작용한다. 이런 점에서 강성희 시인의 시 세계는 노래로써 시가 보유하는 근원적인 리듬이라는 견고한 기층체계를 기반으로 한다. 다음 시에는 그런 양상이 잘 드러나 있다.

바람을 갈라버린 산사山寺의 새벽종이
먼 길을 돌아들어 어두움 걸러낸다
해오름 기운이 서린 신비로운 그 소리

여명의 빛, 움 틔우는 노승의 새벽예불

자비로움 두드리며 산자락 휘감을 때
숨죽인 다람쥐 한 쌍 합장하는 그 소리

처마 끝에 걸려있는 풍경의 흔들림에
단잠에 젖어있는 나뭇잎이 깨어나면
바람이 자지러지게 수다 떠는 그 소리
                    – 「소리, 그 정겨운 울림 1」 전문

　불교적 사유를 함축하는 이 시는 '산사의 새벽종' '노승
의 새벽예불' 같은 소리는 물론 '풍경의 흔들림'과 같이
미세한 움직임이 다른 자연물과 상호 관계를 맺으며 동
등하게 형상화되는 모습을 보여준다. 1수에서 산사의 새
벽 종소리는 "먼 길을 돌아들어 어두움 걸러"내고 "해오
름 기운"과 함께 어우러지면서 신비로운 소리로 변화하
고 있으며, 2수에서 노승의 새벽예불 소리는 "여명의
빛, 움 틔우"고 "산자락 휘감"으면서 미물에 불과한 "다
람쥐 한 쌍"까지 합장하게 하는 신비한 소리로 형상화되
고 있다. 이와 반대로 3수에서는 "풍경의 흔들림"이라는
시각적 이미지를 통해 바람 소리라는 청각적 이미지를
끌어내고 있다. 이 시 속의 종소리, 예불 소리, 해와 달,
다람쥐는 물론 나뭇잎과 바람까지 모든 생명의 몸짓들
과 풍경들은 혼융일체가 되어 물활론적으로 꿈틀대며
움직이고 있다.
　이렇게 자연과 삶의 미세한 소리와 풍경에도 귀 기울

이고 따스하게 바라보는 강성희 시인은 우리가 무심코 지나치는 사소한 순간들 속에서도 시를 발굴해내는 소중한 능력을 지녔다고 볼 수 있다.

> 물안개 핀
> 호숫가에 발 담그는 수양버들
> 기지개 켠
> 이파리가 동그란 이슬 모아
> 방울꽃
> 떨어뜨리는 실로폰의 그 소리
>
> 아침 햇살
> 두들기는 산사의 목탁 소리
> 상큼한
> 음표들이 나무 위에 움터 올라
> 산새들
> 노랫가락에 신명 난 연주 소리
>
> — 「소리, 그 정겨운 울림 4」 전문

물안개 핀 호숫가를 배경으로 수양버들나무와 방울꽃을 아름답게 형상화하고 있다. 특히 "방울꽃/ 떨어뜨리는 실로폰의 그 소리"와 같은 감각적 은유는 매우 선명한 이미지로 맑고 깨끗한 자연풍경을 그려내고 있다. "아침 햇살/ 두들기는 산사의 목탁 소리"나 "상큼한/ 음표들이 나무 위에 움터 올라"와 같은 공감각적 표현 역시 고향 어딘가에서 느껴봄 직한 친근함과 정겨움을 독자들에게 느끼게 해준다.

강성희 시인의 시에서 특이한 점은 주변의 크고 작은 사물들이 이렇게 제각각 독자성을 가지고 자율적인 동력에 의해 움직인다는 것이다. 이는 인간 중심적인 해석에서 벗어난 것으로 데카르트의 이신론理神論에 근접한 자연관인데, 수직적인 자연관이 아니라 수평관계에 가까운 자연관이라고 볼 수 있다. 이러한 자연관은, 끊임없이 욕망을 확대·재생산하는 현대의 도시적 삶에서 벗어나기 위한 자연탐구의 정신에서 기인한 것으로 생각된다. 이것이 이 시인의 정신적 거처 옮기기를 우리가 주목해야 하는 이유다.

소리 이미지는 "여명이 머뭇거린/ 호수에 몸 적시던/ 물안개 피어올라/ 빈 하늘 간질이면/ 산자락/ 휘감던 구름,/ 웃음 짓는 그 소리"(『소리, 그 정겨운 울림 5』)와 같이 이상적 공간으로 꿈꾸는 자연, "처마 끝 낙숫물 소리 낯익은 절간에는/ 빗물보다 두터운 정 고향처럼 푸근하게/ 동그란 추억이 한 뼘 쉬어가는 그 소리"(『소리, 그 정겨운 울림 3』)와 같이 정겨운 고향 공간을 통해 형상화된다. 그런데 그의 소리 이미지들이 "장터마다 들썩이는 각설이의 만담에/ 엿장수 가위질이 온 동네 헹가래 친다/ 세속에 얽힌 영혼이 몸부림친 그 소리"(『소리, 그 정겨운 울림 2』)에서처럼 민중적 삶의 공간에서도 채집되고 있음을 간과해서는 안 된다. 이는 강성희 시인의 시에서 자연이

정태적인 공간이 아니라 인간의 숨결과 맥박이 느껴지는 공간이라는 의미를 함축한다.

그의 시에 자주 나타나는 자연에서 발현된 소리 이미지는 시의 음악성을 배가시키고, 울림의 진폭을 확산하는 데에도 기여한다. 살아 숨 쉬는 자연의 역동성을 소리 이미지를 통해 그리고 있는 것이다. 남도의 자연을 통해 정적인 형태만 보여주는 것에 그치지 않고 생동하는 소리까지를 들려줌으로써 자연의 역동적인 모습을 펼쳐낸다는 점에서 그의 시는 자연의 소리를 통해 현실 공간의 이미지를 구축한다. 이때 자연의 소리는 모든 대상에게 동등한 생명력을 부여하는 징표로써 작동하며 관계 지향적인 시를 열어가는 핵심적 요소가 된다.

3. 고향 공간에 대한 따스한 애정

강성희 시인의 시에는 그의 자전적 삶이 녹아 있다. M.아널드가 말한 "시란 본질적으로 인생의 비평"이라는 말이 어울린다. 시인에게 있어서 시는 바로 자신의 삶 자체를 의미하며, 이것은 현실 인식과 그 시선이 고향 공간과 우리 사회의 소외된 공간을 향해 있다는 것과 무관하지 않다. 말하자면 그의 시적 공간은 전남 목포와 무안, 신안 등에서 바다와 함께 살아가는 사람들, 고천 암호, 땅끝(해남), 우드랜드 숲길(장흥)까지 남도 전반을 아우르고 있다.

애면글면 올라서면
벼랑 끝도 삶이다
잎새마다 음표들이
실로폰 소리를 내고

노을빛
닮은 윤슬이
손가락에 줄 튕긴다

용머리 끄트머리
뱃고동 들리는데
바다로 간 꿈들은
돌아오지 않았을까

꼭대기
바위 속마다
흰 물살을 키운다

– 「일등바위」 전문

　목포를 대표하는 자연물 중 하나가 유달산이다. 초장
의 "애면글면 올라서면/ 벼랑 끝도 삶이다"를 통해 목포
사람들의 절박한 삶을 유달산 일등바위에 투영하고 있
는데, 이때 다소 무겁게 시작하는 도입부는 "잎새마다

음표들이/ 실로폰 소리를" 낸다는 표현을 통해 경쾌하고 희망적인 분위기로 전환된다. 일등바위에서 조망했을 "노을빛/ 닮은 윤슬이/ 손가락에 줄 튕"긴다는 감각적 풍경 묘사는 용머리 너머 뱃고동 소리라는 청각적 이미지로 이어지면서 바다로 떠나가서 돌아오지 않는 꿈들을 떠올리게 한다. 이러한 의미에서 2수 종장에서 유달산 일등바위 "꼭대기/ 바위 속마다/ 흰 물살을 키운다"는 유달산과 다도해, 산과 바다가 자연스럽게 하나가 되면서 무생물에 생명력을 부여하는 결구가 된다. "올라서다" "소리를 내다" "줄 튕긴다" "키운다" 등 동사를 시 속에 자연스럽게 용해시킴으로써 역동적인 심상으로 일등바위 주변의 정경을 실감 나게 묘사하고 있다.

읽다 접은 시집 같은 목포구 등대여
수천 년 설움이 와서 포말로 부서지면
빈 어망 파도에 묻고 바다의 꿈 잠재운다

날개 접은 솟대처럼 허공에 풀어둔 꿈
수척한 다도해를 어스름 건너오면
홀로 선 목포구 등대 노을에 심지를 댄다

달빛이 드나들고 별빛이 두런대도
칠흑 같은 어둠 속 비린내 나는 배에
한 줄기 불빛을 꺼내 깜깜한 생生 밝혀준다
　　　　　　　　　　　　　　　　　　　　　 -「목포구 등대」 전문

대한제국 시기인 1908년에 7.2m 높이로 축조된 목포구 등대는 근대 건축 기술로 만들어 아름다운 외형을 가지고 있으며, 원형으로 거푸집을 짜서 시공하였다. 목포구 등대는 해남 화원 월래 해안에 있는데, 물살이 거세뱃사람들에게는 매우 위험한 항로로 꼽히는 화원반도와목포의 달리도 사이를 비추기 위해 만들어졌다. 2003년새 등대가 건립될 때까지 이 등대는 95년간 목포항을 드나드는 배들의 길라잡이 역할을 하였다.

멀리서 보면 목포구 등대는 읽다가 잠시 접어놓은 시집처럼 보이기도 하고 "날개 접은 솟대처럼" 보이기도한다. 강성희 시인은 목포구 등대를 통해 "빈 어망 파도에 묻"고 살아가는 바닷가 사람들의 애환과 꿈을 형상화하고 있다. 척박한 환경 속에서 힘겹게 살아가는 어부들의 삶에서도 그가 놓치지 않고 있는 것은 "홀로 선 목포구 등대"가 "노을에 심지를" 대는 모습, 바로 따스한 희망에 대한 정경이다. 이러한 인식은 목포구 등대가 "한줄기 불빛을 꺼내 깜깜한 생 밝혀"주는 모습으로 완결된다.

동트면 끌려 나온 울력의 그 명목이
억눌린 서러움에 처절한 치욕의 아픔
뜨겁게 치미는 분노, 목물로 식혀간다

산등성 오정포가 홰치는 한낮이면

낯익은 호각 소리 섬뜩한 고샅길에
허리끈 졸라맨 허기 빈속마다 기별한다

지쳐버린 일터마다 내뱉던 날숨들은
망가진 한 생의 꿈 송두리째 끌어안고
항구의 고달픈 등대 막걸릿잔 기울인다
                              - 「강점기의 목포」 전문

　역사적 소재들은 서술성과 서정성이 결합된 구성과 함께 새로운 의미망을 구축할 때 새로운 시조 미학을 선보인다. 이 작품에서 보듯이 일제 강점기의 목포라는 역사성은 단순히 지나온 시간에 대한 반성이나 트라우마에 대한 기록을 넘어 새로운 기억의 장소로 의미 공간을 확대하기 때문이다. "동트면 끌려 나온 울력의 그 명목"이나 "낯익은 호각 소리 섬뜩한 고샅길"은 일제의 착취와 경제적 착취 및 노동력 착취, 그리고 가혹한 탄압을 연상하게 한다. "허리끈 졸라맨 허기" "지쳐버린 일터마다 내뱉던 날숨들"은 배고픔을 견디면서 노역해야 했던 우리네 할아버지들의 삶을 형상화하고 있다. 목포 사람들의 힘겨운 노동에 대한 연민의 정서는 "항구의 고달픈 등대 막걸릿잔 기울인다"로 표출된다.
　그런데 일제 강점기는 명백하게 과거의 역사임에도 '~한다"와 같은 현재형 종결어미를 사용한 의도는 무엇일까? 이는 시인이 역사적 소재를 끌어오면서도 과거의

박제된 역사가 아니라 현실과 호흡하는 역사, '지금 여기에' 살아 있는 역사로 형상화하고자 했기 때문이다. 이를 통해 강성희 시인이 살아가는 '목포'라는 역사적 시·공간에 관한 체험은 현재의 공간에 대한 의미부여를 동반한, 다층적인 의미망을 형성하게 된다.

4. 식물 이미지의 구현 양상

식물적 상상력이 발현되는 양상은 대체로 세 가지 유형으로 나눌 수 있다. 첫째는 객체로 식물을 바라보면서 식물을 관조하고 묘사하는 경우인데, 이 경우는 시인의 인식이 그 식물과 깊은 관련을 맺지는 않는다. 두 번째 유형은 식물과 관련된 시인의 관념이나 정감을 형상화하는 유형으로 이때 시인과 대상 식물은 깊은 교호작용을 맺는다. 세 번째 유형은 시인의 내면적 지향점이 대상 식물에 투영되는 유형이다. 이 유형에서 외적 대상인 식물은 시인의 내면세계를 그대로 표상하는 단계에 이르게 된다. 즉 시인의 내면적 가치와 식물의 가치가 동일화되는 단계이다. 첫 번째 유형에서 두 번째, 세 번째 유형으로 갈수록 대상 식물은 시인의 삶 속에 깊이 투영되는 존재로 형상화된다. 그런데 식물적 상상력이 작용하는 경우 식물이 단순한 시적 대상으로만 설정되는 경우는 드물다. 시인이 어떤 식물을 오브제로 선택했다는 사실 자체가 시인의 내적 의식이 투영됨을 시사해 주기 때문이다. 다음 시편을 통해 강성희 시인의 식물적 상상력이 대체로 두 번째와 세 번째 유형 사이에 있음을 확인할 수 있다.

> 대웅전 한 모퉁이
> 낯익은 꽃이 핀다
> 일주문 밖까지
> 향기를 밀어내고
> 꽃냄새 나누는 일도 보시라며 흩날린다
>
> 암자 속 동안거를
> 풀어버린 라일락
> 빛깔도 진한 향도
> 며칠이면 기울지만
> 풀벌레 울음소리에 산사 문이 열린다
>
> —「산사의 라일락」 전문

봄은 라일락이 피기 전과 후로 나뉜다. "암자 속 동안거를/ 풀어버린 라일락"처럼 라일락은 봄을 완성하는 향기로 피어난다. 생김새나 빛깔이 산사의 법문이나 그곳에서 마시는 차 한 잔과 조화를 이루는 라일락은 깊어지는 봄은 알려주는 전령이기 때문이다. 담장 안, 골목 어귀, 길모퉁이에서도 흔하게 피는 라일락이지만, 산사의 대웅전 모퉁이에서 피어난 라일락은 선승이나 수도자의 모습과 동일화된다. 여느 꽃들과 다르게 무리 지어 피지 않는 라일락은 꽃만큼이나 향기도 풍성하게 피어 "일주문 밖까지/ 향기를 밀어내"면서 보시하듯이 꽃냄새를 나눠주고 있다. "풀벌레 울음소리에 산사 문이 열린다"라는 결구는 산사의 문이 '풀벌레'라는 자연물의 울음소리에 의해 열린다는 새로운 관계 정립의 표현으로 모든 생명체와 합일하려는 화자의 세계관을 형상화하고 있다. 이처럼 강성희 시인의 시에서 사물들은 존재와 존재의 경계를 허물고 공존하며, 인간과 사물 역시 수직적 관계를 허물고 수평적인 관계로 회복된다. 그의 시속의 자연물과 사물들은 다른 대상과 소통하며 융합하는 미학을 보여주는 것이다.

1
오색 빛 환한 웃음
한 시절 사랑하다
주름진 바람결이 휘파람 불어대면
빛바랜 잎들의 숨결, 벼랑 끝을 맴돈다

2
뉘엿뉘엿 타들어 간
저 붉은 하늘가에
새색시 저고리처럼 곱다랗게 물들이다
홋홋한 노을빛 되어 비우며 떠나는 생

　　　　　　　　　　　　　　　－「단풍의 생生」 전문

시인 자신의 삶을 단풍에 착색하여 단풍에서 발견하는 삶의 의미와 가치를 형상화하고 있다. 세월의 흐름 속에 물들어간 단풍의 사랑과 기다림, 모든 것을 비우고 떠나는 삶은 인간의 삶 자체가 된다. 젊은 시절을 사랑하다가 벼랑 끝에 서 있기도 하고 노년기에 자신의 삶을 곱다랗게 물들이며 떠날 준비를 하는 단풍. 이런 의미로서의 단풍은 심미적 완상의 대상이 아니라 삶의 한복판에서 한과 추억이 엉긴 삶의 실체적 표상이 된다. "노을빛되어 비우며 떠나는 생"에 이르러서 단풍은 존재론적 상징성까지를 띠게 된다. 피고 지는 생명의 원리, 아프게 발아하는 사랑의 원리, 탄생과 소멸로 존재의 고독과 죽음을 드러내는 단풍은 시인 자신의 삶을 넘어서서 모든 생명체의 표상이며 궁극적으로는 인간이라는 존재의 객관적 상관물이 된다.

물오른
나뭇가지
팝콘들이 벙글었다

연인들
눈빛으로
살금살금 따 담고서

영화관

객석에 앉아
입술에 꽃피운다

                  － 「벚꽃이 필 때」 전문

  벚꽃은 흔하게 볼 수 있는 봄꽃이다. '봄(春)'이라는 한
자가 만들어내는 청춘靑春, 회춘回春, 매춘賣春 등의 단어에
서 알 수 있듯이, 꽃들이 화사하게 피는 봄 자체는 인간
의 젊음, 그리고 관능적 육체와 관련된다. 화자는 "물오
른/ 나뭇가지"에 핀 벚꽃을 팝콘으로 치환하여 관능미를
부여함으로써 봄의 충만한 생명력을 효과적으로 형상화
하고 있다. 연인들이 눈빛으로 따 담은 벚꽃(팝콘)을 영
화관 객석에 앉아 먹는 모습은 자연의 모습을 인간의 삶
과 연결한 해학적 표현이다. 기존의 작품들에서 꽃이나
풀, 나무 등 식물적인 상상력이 그려내는 세계는 다분히
정태적이며 수동적인 자세를 견지해왔던 데 비해 강성
희 시인이 형상화하는 관능적이고 능동적인 꽃의 상상
력은 인간적 생명력과 융화되면서 독특한 시적 분위기
를 형성한다.
  제3부에 나오는 「겨울 나목」 「장애 매화나무」 「우드랜
드 숲길」 「민들레 홀씨」 「아카시아 꽃」 「벚나무」 「대추」
「늦가을 단풍」 「튤립」 등도 이러한 식물적 상상력으로 충
만하다.

5. 리얼리즘의 단면과 현실 비판

한 편의 시는 직간접적으로 시대 현실과 관련을 맺고 있다. 화자가 처한 현실이나 대상에 반응하고 그로부터 일련의 행동을 하는 과정을 통해 시인의 현실 인식과 대응방식 및 주제가 드러나게 된다. 화자가 인식한 대상과 유대감을 형성하는 '동질화', 반대로 거리감을 두고자 하는 '분리화'는 세계에 대해 취하는 시인의 일정한 태도라 할 수 있다. 시인은 별개인 듯 보이는 하나의 사물을 고립된 존재로 보지 않고, 의식과 합일의 상태로 철저하게 주관화하여 선택한 사물과 결합한다.

강성희 시인은 코로나라는 팬데믹을 경험하면서 단순히 지나온 시간에 대한 반추나 트라우마에 대한 기록을 넘어 새로운 의미를 되새기고자 한다.

바깥출입 막아버린
불청객 팬데믹이
친구도 만나지 말라
비대면을 압박하니
근거리
부모 형제까지 이산가족 만들었네

회식 모임 금지에
찻집은 테이크아웃

갈 곳 없는 이 신세
유리창 내다보며
실없는
주전부리에 몸무게만 늘어간다

-「코로나 때문에 1」 전문

　우리는 2년 가까이 마스크를 벗지 못하고 있다. 다른 사람과의 소통이 마스크로 인해 차단되고 답답해진다. 늘 이번 주가 최대 고비라는 압박감에 지쳐가면서 그 후유증이 코로나 블루도 심각하다. 그러면서 마스크 벗은 사람을 손가락질하거나 피해 다니는 등 코로나를 일상으로 받아들이고 있다. 비대면이 일상화가 되었으며 어쩌다 만나는 사람들도 주먹을 맞대면서 악수를 대신한다. "회식 모임 금지에/ 찻집은 테이크아웃"이며 온라인 줌 수업은 물론 온라인 성묘까지 하고 있다. 코로나 시대의 신조어들도 코로나 우리의 현실을 시사해 주고 있다. '집콕족'으로 "실없는/ 주전부리에 몸무게만 늘어간다"는 결구는 '확찐자'의 일상을 해학적으로 보여준다.

전시장에
진열된 도자기 속 거미가
관람 길
구석구석 그물을 던져놓아
헛디딘 그 발걸음을

순식간에 옭아맨다

그 옆을
서성이는 반달곰 한 마리는
웅담만
빼내려는 사육사를 흘겨보다
앙가슴 두들기면서
쓰린 사연 울먹인다

-「도자기 전시회」 전문

전시장은 자본주의적 욕망이 다양한 형태를 띠고 나타
나는 곳이다. 문화적인 소재들을 전시하는 전시회는 음
식을 전시하고 즐기는 뷔페와 마찬가지로 인간의 욕망
과 욕구를 충족시키기 위한 것이다. 욕망은 인간에게 있
어 삶을 이어가는 근원적인 힘이다. 인간의 본능적 욕구
충족이 문명의 요구들과 마주치면서 자신이 모아놓은
무언가를 전시하여 과시하고 싶은 욕망의 층위가 만들
어진다. 시인은 욕망의 층위가 다양한 세계를 바라보면
서 불안정한 인간의 욕망을 끊임없이 반성하며 그것을
새롭게 표현하려는 욕망을 지닌 존재다. "전시장에/ 진
열된 도자기 속 거미"와 "그 옆을/ 서성이는 반달곰 한
마리"를 통해 세속화된 우리의 세계는 그 실체가 하나둘
드러나는 것이다.

"정치판에 가짜뉴스/ 특정 종교, 언론까지/ 이 꼴 저

꼴 볼 것 없이/ 허물은 다 덮어서/ 티 없이/ 하얀 눈처럼 소리 없이 녹아들면"(「눈」)에서도 정치와 종교는 물론 언론에 대한 불신에서 파생되는 불안과 고독이 잘 드러나고 있다. "이제는/ 알 것만 같다/ 추락하는 표심을"(「낙화-21대 국회의원 선거를 보며」)와 같은 시에서도 시인의 정치 현실에 대한 비판적인 인식은 잘 드러난다. 이처럼 물질의 가치가 정신의 가치보다 높게 평가되는 이 시대에 강성희 시인의 시는 우리 개개인의 반성과 더불어 사회 전체의 도덕과 윤리를 회복하려는 의도가 담겨있다.

6. 바다에 혼을 묻은 휴머니티의 시학

강성희 시인은 30여 년이 넘는 시간 동안 해양경찰을 하면서 수많은 사건 사고를 겪었다. 불법 외국 어선을 나포하다 순직한 목포해양경찰서 고 박경조 경위와 인천해양경찰서 고 이청호 경사를 보내고 난 후에 쓴 헌시인 「바다에 묻은 영혼」은 첫 시집의 표제 시가 되기도 했다. 세월호 사고 1주년 후 꿈속에서 본 아이들을 소재로 쓴 「꿈속의 무릉도원」은 세월호 사건이 그에게 큰 충격과 슬픔으로 남았음을 방증한다. 해양경찰이 개편되면서 진도경찰서장으로 근무한 후 정년퇴직한 그에게 바다는 생명체가 지니는 기쁨과 환희, 고독과 아픔, 그 애환들이 담긴, 치열한 삶의 공간이다.

그가 봉직했던 서남해의 '갯벌'은 바다 생명을 먹여 살리는 개흙이며 질펀한 '뻘'은 모든 생명의 근원이다. 낙지, 꼬막 등 생명체들이 살아가는 성소로서 다른 생명을 먹여 살리는 공간으로 기능한다. 비릿하고 끈적한 뻘이 생명을 넉넉하게 품듯이 강성희 시인의 시도 대상을 끌어안고 공존과 공생을 모색하는 휴머니티의 시학을 보여준다.

갈두산 망원경에
두 눈을 걸어두면
남루해진 섬들이
잔물결 파고들어
억겁을 돌아온 삶이 뭍으로 향해 있다

땅끝에 떠오른 일출
헹가래 치는 아침
삼매경에 빠져들던
순 은빛 바닷물이
끝에서 시작을 알리는 고동 소리 울린다
– 「땅끝에 서다」 전문

'갈두산'은 전남 해남군 송지면 땅끝마을(갈두리)에 있는 156m 높이의 산으로 토말비土末碑와 토말탑土末塔이 사자봉 정상에 세워져 있다. 화자는 갈두산 정상에서 남루한 섬들 사이로 파고드는 잔물결과 같은 삶을 조망한다.

1수의 비관적 인식은 2수에서 "땅끝에 떠오른 일출/ 헹가래 치는 아침"과 같이 낙관적 인식으로 전환된다. 땅끝은 육지가 끝나는 곳이라는 측면에서 위태롭고 절망적인 삶의 공간이지만, 바다가 시작되는 곳이라는 의미에서 새로운 가능성을 품은 희망의 공간으로 인식된다. 이렇게 볼 때 이 작품의 결구인 "끝에서 시작을 알리는 고동 소리 울린다"는 절망의 공간인 땅끝에서 잉태되는 역설적 희망이 된다. 끝은 언제나 새로운 시작이라는 인식의 전환을 통해 화자는 희망을 찾는 것이다. 이상과 같이 강성희 시인의 시는 절망 속에서도 낙관적 희망을 품는 휴머니티의 시학이라고 볼 수 있다.

그의 인생관이 어떠한지를 여실히 보여주는 다음 시는 강성희 시인의 삶에 대한 지침서로 보아도 무방할 듯하다.

튼튼한 다리에다 뿔이 둘인 지게도
가느다란 작대기가 도와주지 않으면
혼자서 일어설 수 없고 짐을 싣지 못한다

가까이 다가가면 갈등이 일어나고
사이가 멀어지면 소통이 불가능하다
지게가 누워있으면 작대기가 깨운다

믿음직한 머슴은 짐을 지고 일어선 후

작대기를 가슴속에 소중히 간직하지만
그것을 버린 지게는 기댈 곳을 잃는다

-「지게-선량」 전문

'선량選良'은 '가려 뽑은 뛰어난 인물'이란 뜻이다. 중국
한나라 때 지방 수령이 관리를 선발해서 조정에 천거했
는데, 이때 천거된 관리를 선량이라 일컬은 데서 유래했
다. 선량은 우리나라로 건너와 과거시험 급제자를 가리
키는 말로 통용되었고 현재에는 국민에 의해 선출되는
국회의원을 지칭한다. 물론 국회의원들 가운데 성실한
선량이 아니라, 특별히 하는 일 없이 놀고먹는 한량閑良
같은 사람도 많다는 비아냥도 있지만, 이 작품에서의 선
량은 지게의 지렛대 원리에 착안하여 국회의원과 국민
사이의 신뢰 관계를 이야기하고 있다.

지게는 튼튼한 다리와 등, 작대기가 삼각 구조를 이루
면서 안정적으로 일어서고 짐을 싣는다. 작대기를 사용
함으로써 무게 중심 역할을 할 수 있고 서 있을 때 다리
에 가해지는 힘의 크기를 줄일 수 있다. 이를 통해 위정
자와 국민도 갈등을 예방하고 소통이 가능할 수 있도록
적당한 거리가 필요함을 역설하면서 지게와 작대기처럼
불가근불가원不可近不可遠이 필요함을 암시하고 있다. 지게
(국회의원)가 누워 있으면 깨우는 임무를 담당하는 것이
작대기(국민)임도 놓치지 않는다. 3수에서는 "믿음직한
머슴은 짐을 지고 일어선 후/ 작대기를 가슴속에 소중히

간직하지만"을 통해 국회의원으로 선출된 후에 국민을 더욱 소중히 여겨야 함을 시사하고 있다.

이는 시인 자신의 인간관계로 유추 적용되기도 한다. 우리가 인간관계를 이야기할 때 '사이[間]가 좋다'는 말을 자주 하는데, 이는 서로 빈틈없이 딱 붙어 있는 것도 아니고 너무 떨어져 있는 것도 아닌 적절한 거리를 유지하고 있다는 의미다. 가야금의 현이 적절한 거리를 두고 있을 때 멋진 소리가 나고, 별들도 적당한 거리를 유지하기 때문에 아름답게 빛나듯이 아름다운 관계의 비결이란 적절한 '사이'에 있음을 시인은 이야기한다. 인간관계에서 내 생각만 옳다고 고집하는 것이 아니라 각자가 판단할 몫이 있다는 것을 인정하고 그 사람의 몫을 침범하지 않고 여지를 두는 삶. 이것이 강성희 시인이 지향하는 조화롭고 균형 잡힌 관계의 미학이다.

이상으로 살펴본 바와 같이 강성희 시인의 시편들은 청각적 이미지의 역동성을 바탕으로 다양한 식물 이미지가 자생하고 있으며 현실 비판적인 안목까지 견지한 휴머니티의 시학이라고 볼 수 있다. 결국 그의 시는 사라져가는 존재들에 대한 안타까운 눈빛의 기록이며, 또 그것들을 잊지 않기 위한 비망록의 노트다. 강성희 시인의 시는 분명히 진취적이거나 실험적이기보다는 전통 지향적인 자세를 견지하고 있다. 그러나 그의 시가 고답적高踏的이거나 복고적인 것으로 비추어지지 않는 까닭은 그의 올곧은 시 정신에 있다. 소외된 모든 존재에게 보내는 강성희 시인의 사랑과 연민의 눈빛이 우리 사회의 여러 문제를 외연과 내포로 확대, 심화함으로써 다양한 시적 성취를 얻어내리라고 믿는다.

황금알 시인선